# Tita y Ben
## Tres cuentos

**Lori Ries**
*Ilustrado por* **Frank W. Dormer**

*Traducido por* Yanitzia Canetti

◼◼ Charlesbridge

Para Tony y Arlene: gracias por compartir su adorable perrita Aggie. Para mi maravilloso esposo: gracias, Dave, por tu constante amor y apoyo. Y para cada niño que ha amado alguna vez a un perrito. —L. R.

A Mamá y Papá, con amor —F. W. D.

Translation copyright © 2010 by Charlesbridge; translated by Yanitzia Canetti
Text copyright © 2006 by Lori Ries
Illustrations copyright © 2006 by Frank W. Dormer

Published by Charlesbridge
85 Main Street
Watertown, MA 02472
(617) 926-0329
www.charlesbridge.com

**Library of Congress Cataloging-in-Publication Data**
Ries, Lori.
  [Aggie and Ben. Spanish]
  Tita y Ben : tres cuentos / Lori Ries ; ilustrado por Frank W. Dormer ;
traducido por Yanitzia Canetti.
    p. cm.
  Summary: After choosing a new dog, Ben describes what the pet can do
and should not do around the house.
    ISBN 978-1-57091-934-3 (reinforced for library use)
    ISBN 978-1-57091-935-0 (softcover)
[1. Dogs—Fiction. 2. Pets—Fiction. 3. Spanish language materials.]
I. Dormer, Frank W., ill. II. Canetti, Yanitzia, 1967– III. Title.
PZ73.R493 2010
[E]—dc22                                        2009010738

Printed in Singapore
(hc) 10 9 8 7 6 5 4 3 2 1
(sc) 10 9 8 7 6 5 4 3 2 1

Illustrations done in pen and ink and watercolor on 140-lb. cold-press Winsor and
    Newton paper
Display type set in Tabitha and text type set in Janson
Color separated by Chroma Graphics, Singapore
Printed and bound September 2009 by Imago in Singapore
Production supervision by Brian G. Walker
Designed by Susan Mallory Sherman

# La sorpresa

—¿Adónde vamos? —pregunto.
—Es una sorpresa —dice Papá.

Nos subimos al auto.

Nos dirigimos a la tienda de mascotas.
¡Esa es la sorpresa!

Miro los pájaros.

—¿Te gustaría un pájaro? —pregunta la señora.

Me pongo a pensar.
Un pájaro podría cantar.

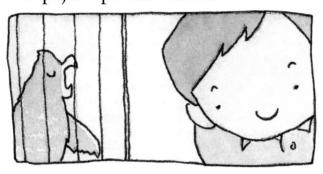

Y en mi dedo se podría posar.

Y también podría volar.

Pero nunca podría jugar afuera. Se iría volando.

—Creo que no quiero un pájaro —digo.

Miro los ratoncitos.

—¿Te gustaría un ratoncito? —pregunta la señora.

Me pongo a pensar.
Un ratoncito podría correr por un tubo.

Se podría sentar en mi mano.

Un ratoncito podría esconderse
en mi bolsillo.

Pero también podría perderse.

—Creo que no quiero un ratoncito —digo.

Miro las culebras.

—¿Te gustaría una culebra? —pregunta la señora.

Me pongo a pensar.

Tener una culebra podría ser divertido.

Una culebra podría enroscarse por mi brazo.

Podría deslizarse por el suelo.

Pero una culebra podría darle un susto a Mamá.

—Creo que no quiero una culebra —digo.

Miro los gatos.

—¿Te gustaría un gato? —pregunta la señora.

Me pongo a pensar.

Un gato podría ronronear cuando lo acaricie.

Un gato podría perseguir cosas.

Un gato podría jugar.

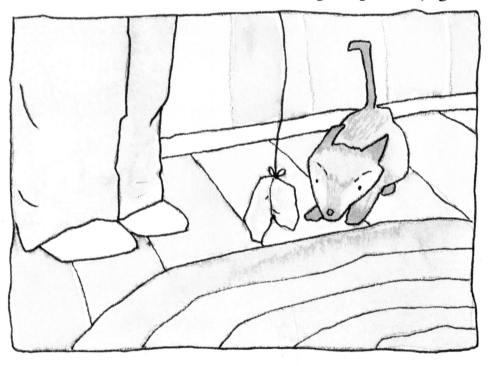

Pero un gato no jugaría conmigo en el parque.
—Creo que no quiero un gato —digo.

Miro los perros.

—¿Te gustaría un perro? —pregunta la señora.

Me pongo a pensar.

Un perro podría correr conmigo.

Un perro podría ir de paseo y jugar en el parque.

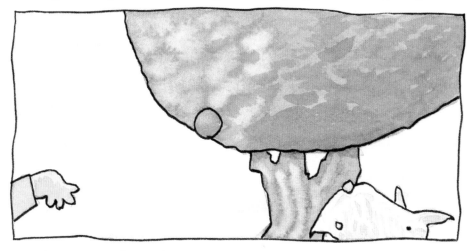

¡Y hasta podría dormir en mi cama
y ser mi mejor amigo!

—¡Sí me gustaría! ¡Me gustaría un perro! —digo.

Vamos a ver los perros.
Una perrita me hace reír.
—¡Guau! —ladra ella.

—Esta —digo—. ¡Quiero esta!
La llamaré Tita.

# Igual que Tita

—Mira, soy un perrito —le digo a Mamá—.
Hago igual que Tita.

Tita olfatea su nueva casa por todas partes.
Yo olfateo por todas partes también.

Tita olfatea el sofá. Yo olfateo el sofá también.
Ella olfatea la alfombra.
Yo también olfateo la alfombra.

Tita encuentra los zapatos de Papá.
—No, no, Tita. ¡Eso no es un juguete! —le digo.

Tita entra en la cocina.
Se sube de un salto a la barra de la cocina.
Yo también me subo.
—Bájate, Tita —dice Mamá—.
Esa no es tu merienda.

Tita entra en el cuarto de lavar.

Yo también.

Ella se mete dentro de la secadora.

—No, Tita —le digo—. Esa no es tu cama.

Tita entra en el baño.
Yo también.
Tita ve el inodoro.

Esto de ser un perrito ya no me gusta.

Yo busco una pelota.

—Aquí tienes tu nuevo juguete —le digo.

La lanzo lejos. ¡Tita corre rápido!

Le busco algo rico.

—Aquí tienes tu comida, Tita —le digo.

Tita se la come.

Busco un bol.

—Aquí tienes tu agua —le digo.

Tita toma agua. Sus orejas también se mojan.

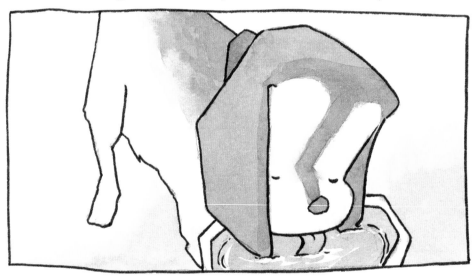

—Tú puedes dormir conmigo —le digo.
Tita está contenta. Mueve el rabito.
Al igual que Tita, ¡yo también estoy contento!

# Algo de miedo

—Es hora de dormir —le digo a Tita.
Subo rápido las escaleras. Tita me sigue.

Me lavo los dientes. —No, no, Tita.
¡Los perros no usan pasta de dientes! —le digo.

Le leo un cuento a Tita antes de dormir.
—No, no, Tita. ¡No te comas al gigante!

Mamá nos arropa y apaga la luz.
El cuarto queda oscuro.

—¡Guau! —dice Tita.
Me incorporo. Tita ve algo.

Ella ve algo espantoso en el estante.

Enciendo la luz.

—¡Pero Tita! —le digo—. Es solo un camión.

Apago la luz y me meto en la cama de un salto.

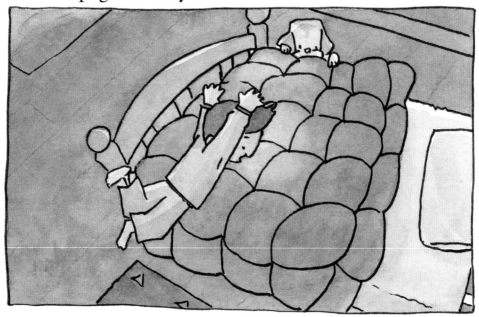

—Guau —ladra Tita.
Levanto la cabeza. Tita ve algo más.
Un monstruo cuelga de la pared.

Enciendo la luz.

—¡Pero Tita! —le digo—. Es solo mi bata.

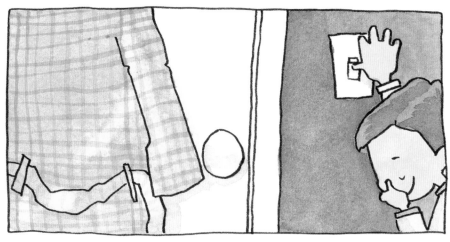

Apago de nuevo la luz y
me meto en la cama de un salto.

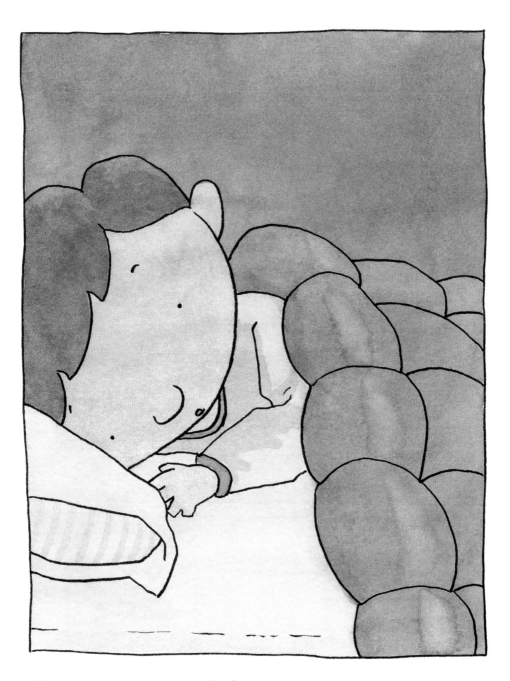

Algo espantoso tira de la manta.
—¡Grrrr! —gruñe Tita.

¡Yo también lo siento! —le digo.
Me incorporo. Algo tira otra vez la manta.

Salto de la cama y enciendo la luz.

—¡Ay, Tita! Ahora ya no me asustas —le digo.
Apago la luz y me meto en la cama.

Tita también se acomoda para dormir.
Ya no hay nada que nos de miedo.
Solo quedamos Tita y yo.